I0679970

LES AMANTS

SANS LE SÇAVOIR,

COMÉDIE,

EN TROIS ACTES ET EN PROSE,

REPRÉSENTÉE pour la premiere fois par les Comédiens Ordinaires du Roi, le 6 Juillet 1771, au Théâtre du Palais des Tuileries.

Prix, 1 liv. 10 fols.

A PARIS,

Chez MONORY, Libraire de S. A. S. Monfeigneur le Prince de CONDÉ, Cul-de-Sac des Quatre-vents, Fauxbourg Saint Germain.

M. DCC. LXXI.

Avec Approbation & Permiffion.

Yth
580

Yth.
580

Double

XXX

NOMS DES ACTEURS,

Le Comte d'AURAI,	M. Brizard.
La Comtesse d'AURAI,	Mlle. Dumesnil.
Le Marquis de SAINVILLE, leur Fils,	M. Molé.
HENRIETTE, leur Niéce,	Mlle. d'Oligny.
La Présidente de CANDEUSE.	Mad. Drouin.
Le Chevalier de CANDEUSE, son Fils,	M. Montvel.
GERMONT Valet-de-Chambre de Sainville,	M. Feuilly.
LISE, Femme-de-Chambre d'Henriette,	Mad. Fannier.

Le Théatre repréfente un Sallon, dont la porte doit être à glaces, pour laiffer voir un Jardin.

La Scène eft dans la Maifon du Comte d'Aurai.

LES AMANTS

SANS LE SÇAVOIR,

ACTE PREMIER.

SCENE PREMIERE.

GERMONT, LISE.

Germont fur le devant du Théatre, affis & lifant.

LISE.

Comment fe trouve Monfieur Germont,
dans ce fauteuil ?

GERMONT.

Fort bien.

LISE.

Vous n'avez donc rien à faire ?

GERMONT.

Rien du tout.

LISE.

Rien abfolument ?

GERMONT.

Non, mon Maître eſt ſorti; Madame la Comteſſe ſa mere eſt allée par le jardin chez Madame la Préſidente de Candeuſe ; les gens de M. le Comte ſont en commiſſion ; je m'ennuyois : je ſuis entré dans ce ſalon: j'y ai trouvé ce livre ; & j'en étois préciſément ſur un endroit qui traite de l'éducation. (*d'un air grave*) Matiere importante, dont on ne s'occupe gueres ici. Je n'ai point encore vu de jeunes perſonnes élevées comme le ſont le Marquis de Sainville & Mademoiſelle Henriette.

LISE.

Qu'y trouvez-vous donc tant à redire ?

GERMONT.

J'y trouve . . . . ce que tout le monde voit. . . Madame la Comteſſe trop ſérieuſe pour une femme, accoutume ſa niéce, qu'elle aime cependant, à vivre preſque ſeule. Mademoiſelle Henriette dédaigne les talens ; elle écrit ſans ceſſe. . . . . Lit toujours. . . . Parle peu. . . . Rêve ſouvent, & n'a d'autres plaiſirs que la compagnie de ſa tante ; je ne ſçais ce qu'elles peuvent ſe dire; mais je gagerois qu'elles s'ennuyent à périr.

LISE.

Je ſuis bien ſûre du contraire, & je ne vois jamais Mademoiſelle Henriette plus contente, que lorfqu'elle eft avec Madame la Comteffe.

GERMONT.

Vous le croyez.... Au refte ce n'eft pas là ce qui m'intéreffe le plus ; c'eft le Marquis. Je pourrois me plaindre de n'avoir pas été chargé de l'élever ; cette fonction eft ordinairement la récompenfe d'un ancien domeftique, & je me flatte que je l'aurois remplie avec diftinction.

LISE *riant.*

Vous ?

GERMONT.

Oui, moi, moi. Qu'y a-t-il donc de fi rifi-ble dans ce que je dis ?

LISE.

Ah ! pardon, Monfieur ;.... Je ne connoif-fois pas tous vos talens ; mais foit dit entre nous, fans vous déplaire, Monfieur le Comte eft bien en état de....

GERMONT.

Monfieur le Comte, d'un caractere vif, mais bon, gai, plein d'honneur, permet tout à fon fils. Loin de le retenir fur beaucoup de chofes que l'on apprend toujours trop tôt, il femble l'inviter à les chercher. Il lui donne plus d'argent qu'il n'en demande. Chevaux, caroffes, bi-joux, habits plus qu'il n'en peut ufer. Avant peu de tems mon Maître ne fe fouciera plus de rien. Je doute qu'on le cite jamais pour modele aux jeunes gens de fon âge.

LISE.

Mademoifelle Henriette ne penfe pas comme vous, & je l'entens fouvent faire les plus grands éloges du Marquis lorfque Madame la Comteffe s'en plaint.

GERMONT.

A la bonne heure, il n'en eft pas moins vrai que le Comte & la Comteffe n'entendent rien à l'éducation ; & je crains fort qu'ils ne faffent de leur fils & de leur niéce, deux perfonnages finguliers. On mariera difficilement Mademoi-felle Henriette.

LISE.

Mais on n'en a pas le projet : elle n'eft point riche, dit-on.

GERMONT.

Je fçais cela mieux que perfonne. J'accom-pagnois Madame la Comteffe lorfqu'elle alla cher-cher Mademoifelle Henriette dans une petite terre, où elle étoit reftée fans parens & fans fe-cours. Votre Maîtreffe eft fille d'une fœur de Madame. Cette fœur, c'étoit encore de ces fem-mes d'efprit qui font des fottifes : elle avoit épou-fé un homme de qualité fort pauvre ; ils font morts tous deux, & Madame s'eft chargée de leur fille ; qu'elle ne pourra donner qu'à quelques jeunes gens de Finance qui seront tout glorieux de tenir à des personnes de qualité.

LISE.

Ce n'est pas l'intention de Madame , encore moins celle de Mademoiselle.

GERMONT.

Elle épousera donc quelqu'honnête campagnard , & vivra dans le fond d'une province ; ce qui est à peu près aussi triste que de rester fille.

SCENE II.
LA COMTESSE D'AURAI, GERMONT, LISE.

LA COMTESSE, *à Germont.*

Mon fils est-il rentré ?

GERMONT.

Je l'ignore, Madame; & je vais le sçavoir.

Il sort.

LA COMTESSE à *Lise.*

Henriette est chez elle , sans doute ?

LISE.

Oui, Madame.

LA COMTESSE.

Dites-lui de descendre. . . . . Mais la voici.

SCENE III.

HENRIETTE, LA COMTESSE D'AURAI.

HENRIETTE *baifant la main de la Comteffe.*

J'avois befoin de vous voir, Madame, je m'ennuyois; je le fens bien, la folitude n'eft que l'abfence des perfonnes qu'on aime.

LA COMTESSE.

J'avois une affaire bien intéreffante, ma chere Henriette, puifqu'elle vous regarde. Votre fort va changer.... Que cette nouvelle ne vous allarme point; je n'aurois accepté qu'avec une extrême répugnance tout parti qui vous auroit éloigné de moi; mes vœux font remplis; nous ne feront jamais féparées. Je vous ai dit fouvent qu'avec le peu de fortune qui vous réftoit, vous ne pouviez être heureufe que par votre façon de penfer. Elle répond parfaitement à mes defirs. Vous ne tenez à rien de ce qui peut occuper nos jeunes perfonnes; vous n'avez point la frivolité de leurs goûts, la vanité de leur cœur, l'inégalité de leur caractere; vous ferez la gloire & le bonheur de votre époux. Celui que je vous deftine eft digne de l'être, puifqu'il a fçu vous choifir; il eft d'une naiffance diftinguée dans la robe.. (*Henriette fait un mouvement de chagrin.*) Il n'en a pas suivi l'etat ; il est Colonel ; sa figure est très-bien, sa fortune considérable.

Je puis vous avouer à présent que la richesse est un bonheur ; non qu'elle soit la source de celui que l'on peut trouver en soi ; mais parce qu'elle donne les moyens d'affoiblir les maux que l'on peut rencontrer dans le monde.

Vous connoissez le Chevalier de Candeuse ?

HENRIETTE *un peu interdite,*

Oui, Madame....

LA COMTESSE.

C'est lui qui vous demande, & c'est à lui que vous êtes promise. Sa mere est presque aussi enchantée que moi-même de ce mariage ; je viens de tout régler avec elle ; voilà ce qui m'avoit éloigné de vous. Ce jardin sera la seule distance qui nous séparera ; je verrai toujours mon amie ; & son bonheur fera le charme de mes jours.

HENRIETTE.

Quand je vous dois mon existence & les qualités qui me la font chérir, croyez-vous pouvoir augmenter, par des biens dont vous m'avez appris à me passer, la reconnoissance que le sentiment a gravée dans mon ame ? Si le bonheur est en moi, pourquoi l'espérerois-je d'un autre ? Si je ne suis ni vaine, ni frivole, ni capricieufe, une grande fortune m'eft abfolument inutile. Ah ! Madame, avez-vous pu vous réfoudre à m'arracher du fein d'une famille que j'adore, pour me porter chez des inconnus qui ....Pardonnez ma franchife.... Mais il me femble que mon oncle ne fe foucie pas beaucoup de la Préfidente & de fon fils.

LA COMTESSE, *fans avoir l'air trop per-fuadée de ce qu'elle dit.*

Monfieur le Comte d'Aurai eft quelquefois injufte ; il s'eft prévenu contre la Préfidente... parce qu'elle parle beaucoup, dit il, & contre le Chevalier, parce qu'il parle peu. Madame de Candeufe raconte quelquefois des hiftoires ; il la croit indifcrette. Son fils eft férieux, il le croit vain. Mon mari voudroit qu'une femme ne dît jamais rien d'une autre, & que tous les jeunes gens fuffent auffi vifs que Sainville : fi tout le monde fe reffembloit, on feroit peut-être fort malheureux ou très-ennuyé au moins ; c'eft à la variété des caracteres que l'on doit tous les plaifirs. La Préfidente eft une femme d'efprit ; Candeufe eft aimable ; & j'efpére que vous l'aimerez.

HENRIETTE.

Quelque mérite qu'il puiffe avoir, je vous affure qu'il ne vous remplacera jamais dans mon cœur.

LA COMTESSE.

L'amour que vous aurez certainement pour Candeuse n'éteindra pas votre amitié pour moi; j'aime à le croire; ces sentimens ne peuvent se détruire dans une âme comme la vôtre; mais ne pensez pas que je conserverai la première place : tout ce qui vous paroît intéressant aujourd'hui; cessera bientôt de l'être.

HENRIETTE.

Non, je n'aimerai jamais.

LA COMTESSE.

Vous ne pouvez le sçavoir; instruite, éclairée, sensible; vous avez fait, d'après vous-même & vos lectures, quelques résultats sur votre façon d'être & de penser; vous pouvez répondre de la générosité de votre ame, de la bonté de votre cœur, de votre sensibilité pour tout ce qui mérite votre estime, votre amitié, votre reconnoissance; tous ces sentimens sont développés en vous; sont connus : mais cette tendresse réciproque de deux cœurs unis par des liens sacrés.... Henriette, vous ne pouvez pas même l'imaginer.

HENRIETTE.

Persuadée que je n'aurois jamais d'époux, & n'en désirant point, je n'ai pas cherché à connoître si mon cœur étoit fait pour l'amour. Mais pourquoi ne me suis-je point apperçue dans le monde, de ce bonheur qui naît de l'union des époux ? Ici seulement, je suis forcée d'y croire ; partout je vois des indifférens, ou des malheureux ; comment ne craindrois-je pas d'en augmenter le nombre ; & comment risquez-vous de répondre de mon cœur & de celui du Chevalier ?

LA COMTESSE.

C'est que je suis persuadée qu'il est impossible qu'une jeune personne honnête, qui passe du sein de sa famille auprès d'un époux aimable, & surtout estimé, puisse résister aux sentimens que ce nouvel état inspire, si son mari cherche à lui plaire. Un homme qui sçait qu'il ne suffit pas d'être maître ; qu'il doit faire chérir ses loix, & que si la vertu dicte nos devoirs, c'est l'amour qui nous les rend précieux, doit obtenir le cœur de sa femme. Ces unions malheureuses qui vous effrayent, ne font que le triste fruit de la coupable indifférence des époux. Qu'ils aiment, ils feront aimés ; & Candeuse vous adore.

HENRIETTE.

Puisse son mérite & vos leçons opérer dans mon cœur le changement que vous attendez & que je désire, parce que vous le souhaitez !

Elle lui baise la main.

SCENE IV.

LE MARQUIS DE SAINVILLLE, LA COMTESSE DAURAI, HENRIETTE.

SAINVILLE *entre en courant & baise la main de la Comtesse, qu'Henriette tient encore.*

ET moi aussi..... Attendez, je les baiserai toutes deux.

LA COMTESSE.

Vous êtes habillé de bonne heure aujourd'hui!

SAINVILLE.

Mon Père m'a dit qu'il avoit affaire de moi. J'avois aussi quelques projets..... Je comptois aller voir mon aimable cousine, que vous aviez abandonnée. Quoiqu'un peu sérieuse, j'aime à me trouver avec elle. Des différens genres de raison dont on s'ajuste dans le monde, le sien est le seul qui ne m'ennuye point. Croyez-vous qu'il soit difficile de se plaire avec elle?

LA COMTESSE.

Non, assurément, & je voudrois qu'elle pensât aussi favorablement pour vous; mais je doute que votre conversation l'amuse, mon fils; vous êtes encore bien frivole.

HENRIETTE.

Vous ne lui rendez pas justice, Madame, &
je lui crois plus de raison que vous ne lui en accordez. Ses discours me le prouvent ; ses actions
peut-être n'y répondent pas ; mais la force des
exemples l'entraîne ; car je n'imaginerai jamais
qu'il ait le talent de persuader ce qu'il ne pense
pas.

SAINVILLE.

à Henriette.   *à la Comtesse.*

Je suis incapable de fausseté..... Ma cousine
se connoît en raison ; faites-moi la grace de l'en
croire sur mon compte : j'approuve tout ce qu'elle
dira.

LA COMTESSE.

Henriette se moque de vous ; elle vante vos
discours, & blâme votre conduite ; il n'y a pas de
quoi vous applaudir ; mais nous ne pouvons vous
juger ni l'une ni l'autre ; il faudroit avoir votre
confiance ; vous ne la donnez qu'à votre Père.

SAINVILLE.

Mon Père rit de beaucoup de choses qui.....
vous fâcheroient, Madame. Toute réflexion faite,
il s'amuse à mes dépens ; il aime à m'entendre
plaindre des hommes ; il est enchanté quand les
femmes me trompent, fort aise quand je m'ennuye. Je viens de lui compter un soupé d'hier ;

plus je l'assurois qu'il m'avoit excédé, plus il m'a soutenu que je devois l'avoir trouvé charmant.

LA COMTESSE.

Où soupâtes-vous donc?

SAINVILLE.

Chez la Marquise d'Orneuil. On m'avoit prié d'arriver de bonne heure; c'étoit une véritable embuscade. J'ai trouvé quatre ou cinq femmes, sept ou huit hommes qui faisoient un concert perfide.

La Maîtresse de la maison jouoit de la harpe : la petite Baronne sa sœur nous a chanté des airs italiens, avec toutes les prétentions possibles à la voix légère. Elle ne se doutoit pas des paroles ; elle a la fureur des langues étrangères, & feroit mieux d'apprendre le François. La Comtesse d'Herbier, malgré ses quarante ans, a voulu chanter son morceau : comme elle a beaucoup de dignité, c'étoit avec une lenteur...... désolante ; lenteur qu'elle donne pour de la décence, comme la Baronne prend son étourderie pour de l'enjouement. Nancay jouoit du basson & faisoit un bruit épouvantable. Dorsin étoit modestement à l'orchestre. Mais le beau Tessan nous a donné un air de violon seul. Le Comte de Fargy suoit à grosses gouttes, pour mettre de l'âme dans sa flûte ; ses grosses joues, ses gros yeux, ses gros

doitgs juroient avec sa musique ; car il a la folie
du tendre.

Toutes ces personnes étoient mêlées avec des
Chanteuses & des Violons à gages ; tout a parlé,
fait-société, soupé enfin, & cela s'appelle une
soirée charmante......... Que les talens sont en-
nuyeux quand ils sont médiocres & déplacés !

LA COMTESSE *souriant.*

Vous êtes difficile en fêtes ; mais je vous en
prépare une qui vous plaira sûrement. Je vais
marier Henriette.

SAINVILLE.

Étonné,   *Sérieusement à Henriette.*

Bon ? ...... J'en suis charmé ...... Je
vous en fais mon compliment ; (*à la Comtesse*)
A qui ?

LA COMTESSE.

A Candeuse.

SAINVILLE, *froidement.*

Il est fait pour être heureux, il est riche.
(*A Henriette ;*) Qu'en pensez-vous ?

LA COMTESSE.

Ce qu'elle en doit penser. Son esprit s'étonne
de ce changement d'état ; mais il peut lui devenir agréable.

SAINVILLE, *froidement.*

Oui, si le hasard veut qu'elle soit heureuse.

LA

LA COMTESSE.

Elle est faite pour l'être.

SAINVILLE, *vivement.*

Ce n'est pas un titre certain. Candeuse est sérieux, froid, plein de vanité......

LA COMTESSE.

C'est votre ami, Sainville, & je ne vous ai jamais vu chercher à diminuer l'estime qu'on a pour lui.........

SAINVILLE.

Mais il y a beaucoup de gens estimés dans le monde, dont je ne voudrois pas pour mari, si j'étois femme.

LA COMTESSE.

Parce qu'il est sérieux ; ce mot, grace à votre Père, est devenu terrible ici ; faut-il, que tout le monde vous ressemble ? Candeuse est froid, parce qu'il ne se livre pas au premier venu, & vain parce que tous les hommes de sa connoissance ne sont pas ses amis ; vous jugez légérement,....
(*bas*) Vous feriez mieux de vous taire.

SAINVILLE.

Vous ne m'empêcherez pas de m'intéresser à ma Cousine. Son bonheur......

LA COMTESSE.

Croyez-vous qu'il me soit indifférent ?

B

SAINVILLE, (*à Henriette*)

On se trompe quelquefois..... Nous allons donc vous perdre ? Au moins exciterons-nous vos regrets ?

HENRIETTE.

J'espère ne pas être dans le cas d'éprouver des sentimens si douloureux.

LA COMTESSE.

La Présidente loge les nouveaux époux. Ainsi nous ne serons pas éloignés.

SAINVILLE.

J'aurai donc sans cesse le bonheur du Chevalier sous les yeux !

LA COMTESSE, (*étonnée*).

Mais, mon fils, je ne vous conçois pas..... Le bonheur de votre Ami, de votre Parente vous sera désagréable ?

SAINVILLE, (*embarrassé*).

Non, Madame, je voulois dire seulement que..... je serai seul ici, ... je ne verrai que des époux heureux...... & je ne tiendrai à rien.

LA COMTESSE.

Mais vous fuyez le mariage, vous ne voulez point de chaînes, d'embarras. A quoi bon prendre une femme, dites-vous tous les jours !

SAINVILLE.

Oui, dans la crainte d'en trouver une comme il y en a tant..... que je ne puiffe aimer. Un bien dont je me prive, parce qu'il peut être un mal, fera mon fupplice, quand j'en verrai jouir un autre.

LA COMTESSE.

Eh ! bien ; on vous mariera.

SAINVILLE.

A qui ? Il n'y a pas une de celles que vous pouvez m'offrir, dont je vouluffe.

LA COMTESSE.

Voilà les difcours du Comte d'Auray ; je ne penfe ni comme lui, ni comme vous ; & je crois qu'il en eft encore plufieurs dignes d'être recherchées.

SAINVILLE, (*vivement*).

Nommez-en une.

LA COMTESSE.

Vingt, fans y rêver long-tems.......... (*Elle cherche*). Lucinde.

SAINVILLE.

Elle eft dédaigneufe & fière. Je ferois bientôt brouillé avec tout le monde.

LA COMTESSE.

Laure.

B ij

SAINVILLE.

Elle est bête & peu jolie.

LA COMTESSE.

Elle est riche...... Zélide est belle, pleine d'esprit.

SAINVILLE.

Oui ; sa mère étoit comme elle, & je craindrois qu'elle ne lui ressemblât en tout. On m'a dit ..... & vous savez......

LA COMTESSE.

Adélaïde.

SAINVILLE.

Elle sera dévote ; toutes ses parentes le sont.

LA COMTESSE, (*hésitant*).

......Hortense.

SAINVILLE.

Une Financière ; vous plaisantez. Mon Père n'aime pas l'opulence. Consultez-le ; j'y consens si c'est son avis.

SCENE V.

LE COMTE D'AURAI,
LA COMTESSE, HENRIETTE,
SAINVILLE.

LE COMTE.

MON avis..... Comme vous voudrez. Mais de quoi s'agit-il ?

LA COMTESSE.

Sainville veut une femme, parce que l'on donne un Epoux à sa Cousine ; je lui nommois toutes les jeunes personnes qui pourroient lui convenir ; mais trop bien instruit par vous, il leur trouve mille défauts.

LE COMTE.

riant ,

C'est assez bien voir, ... s'il étoit vrai , cependant qu'il voulût se marier ; je lui demanderois la permission, & à vous aussi, de lui donner quelques conseils.

Toutes vos jeunes Filles sont bien dangereuses ; on ne peut connoître leur caractère. Avant l'hymen, c'est la douceur même, sous le voile de la décence. Sont-elles mariées, la liberté, le monde, le dès-œuvrement, l'occasion, les entraînent, & rien ne les arrête plus.

B iij

Sainville, si tu veux me croire, épouse une veuve : on sait du moins à quoi s'en tenir, sur ses défauts, comme sur ses vertus. Des femmes faites à des étourdis, ... Des hommes sages à de jeunes personnes. Pour qu'un mariage soit heureux, il faut que l'un des époux soit capable de conduire l'autre, sinon ils s'égarent tous les deux.

SAINVILLE.

Mon Père s'amuse. Se faire le gouverneur de sa femme, le beau moyen de plaire !

LE COMTE.

Nous aurons assez de tems pour penser à toi. Henriette m'occupe, (*à la Comtesse*) Tout est-il arrangé ?

LA COMTESSE.

Oui, j'attends la Présidente.

LE COMTE.

Je sortirai donc avant qu'elle arrive, afin qu'elle puisse dire tout ce qui est inutile. Cette partie de son discours est toujours la plus longue.

LA COMTESSE.

C'est votre fantaisie de le croire. En vérité, c'est une des meilleures femmes que je connoisse....... Le meilleur cœur....... complaisante.... attentive...

LE COMTE.

Oui. Mais elle aime à parler ; & moi je n'aime
point à l'entendre..... Vous dites que c'eſt
une bonne femme ; ſes propos ont fait du tort
à bien des gens. Vous lui croyez un bon cœur,
elle cherche toujours à ſçavoir du mal de quelqu'un ; & parce qu'elle ne ſçait que faire, vous
la ſuppoſez complaiſante. Pour attentive, c'eſt
curieuſe qu'il falloit dire. Son fils eſt plus aimable ; un peu pédant, pour un militaire.

SAINVILLE.

Et plein de prétentions à ce titre.

LA COMTESSE.

Au Comte.

Mais Monſieur, ... Mais mon Fils....

LE COMTE.

Mais, mais..... Henriette n'eſt pas un en-
fant : elle ſait bien que dans ce monde frivole,
tout homme circonſpect eſt accuſé de pédan-
tiſme. Elle ne doit pas être inquiéte de ſon ſort ;
Candeuſe eſt un honnête garçon, & amoureux de plus. Du caractère dont elle eſt, je la
plaindrois fort d'être unie à quelque étourdi,
comme......... comme mon Fils, par exemple,
qui n'aime rien.

SAINVILLE.

En quoi donc ſuis-je ſi fort étourdi ? Faut-il

B iv

pour avoir la réputation d'homme fensé être comme le Chevalier de Candeufe, ne pas remuer de fa place, parler avec cette lenteur, qui annonce bien moins le talent que la prétention de bien dire. Je ne fçais, mais je penfe qu'une femme feroit auffi heureufe avec moi qu'avec tout autre ; fi je fuis capable de recevoir des leçons, je fuis digne d'en donner.

LE COMTE.

Mais, tu conviendras que ta tournure légére n'excite pas la confiance.

SAINVILLE.

Vous difiez à l'inftant qu'il falloit des femmes fages aux étourdis.

LE COMTE.

Oui, pour qu'elles les conduifent ; mais non pas pour qu'elles foient heureufes. Il y a telle femme fenfible, qu'une mauvaife tête feroit mourir de chagrin.

SCENE VI.

LES ACTEURS, PRÉCÉDENS, UN LAQUAIS.

LE LAQUAIS.

LE Marchand d'étoffes eft dans votre appartement, Madame.

LA COMTESSE.

Allons Henriette, il faut nous amuser à les choisir.

(*Elles sortent.*)

SCENE VII.
LE COMTE D'AURAI, SAINVILLE.

LE COMTE

TU rêve, je crois ? Est-ce que tu n'as point d'argent ? En voilà...... Ou tes amours vont-ils mal ?

SAINVILLE.

La fortune, les amours, tout m'ennuye.

LE COMTE.

Que t'est-il donc arrivé ?

SAINVILLE.

C'est que... je suis amoureux, je crois...

LE COMTE, *riant.*

Sérieusement ?

SAINVILLE.

Ne riez pas mon père, ce que je dis est très-vrai.

LE COMTE.

Eh ! pourquoi m'as-tu caché cet amour ?

SAINVILLE.

Je ne savois pas en avoir.

LE COMTE.

Tu ne veux pas que je rie..... Et dis moi,
eft-ce depuis long-tems ?

SAINVILLE.

Mais, oui.... ou je fuis bien trompé.

LE COMTE.

Et tu n'en favois rien. Comment as-tu fait
cette belle découverte, depuis quand ?

SAINVILLE.

D'aujourd'hui.

LE COMTE.

Oh, me voilà raffuré. Puifque c'eft l'ouvrage
d'un jour, ce n'eft qu'une fantaifie ; il faut
r'arranger.

SAINVILLE.

Si vous vouliez......

LE COMTE.

Moi...... je veux bien être ton confident ;
mais je ne peux pas être ton interprète ; & puis
j'aurois bien de la peine à me reffouvenir de
toutes les phrafes néceffaires en pareilles occafions ; j'ai paffé l'âge aimable, où l'on dérai-
fonne avec grace.

SAINVILLE.

Mais, mon Père, je ne vous dis pas de faire
l'amour pour moi.

LE COMTE.
Que dis-tu donc ?

SAINVILLE.
Que vous pouvez beaucoup.

LE COMTE.
Est-ce une femme dont le mari soit jaloux
..... Tu serois trop heureux..... Est-ce une
veuve que des parens intéressés éloignent d'un
second hymen ? Alors je peux parler.

SAINVILLE, (*avec impatience.*)
Elle n'est ni femme, ni veuve.

LE COMTE, *surpris.*
Elle est fille ?

SAINVILE, (*avec chagrin.*)
Et sans fortune.

LE COMTE, *sérieusement.*
Mon Fils, ne cherchez point à plaire à quelqu'un, que vous ne pouvez épouser ; c'est un
crime d'y réussir. Le talent de séduire est brillant
dans le monde, quand il ne sert que le plaisir ;
mais il est déshonorant s'il trahit l'innocence.

SAINVILLE.
Eh ! pourquoi ne puis-je épouser une personne
que j'aime.

LE COMTE.
Tu dis qu'elle n'est pas riche ; tu ne l'es pas
assez, pour prendre une femme sans bien. Ta

fortune fera confidérable un jour , mais nous
fommes faits , ma femme & moi , pour vivre
long-tems ; il n'y a pas même , avec nous , la
reffource de nous voir mourir d'ennui , comme
tant d'autres. En attendant , il te faut une femme
qui ait au moins vingt-cinq mille livres de
rente.

SAINVILLE.
(à part en foupirant.)

En faut-il tant , pour être heureux ! . . . .

Mais, la guerre donne des occafions de fe
faire connoître avantageufement , & les grâces
de la Cour pourroient fuppléer . . . . . .

LE COMTE.

Les grâces de la Cour ! Voudrois-tu faire
comme tant de gens qui l'étourdiffent de leurs
befoins, fondés fur leurs fervices paffés, préfens
& avenir. On compteroit leurs jours moins par
leurs exploits que par leurs demandes. Il faut
être affez bon Citoyen pour faire la guerre à fes
dépens , & toujours affez fier pour ne point être
payé. Je ne dis pas qu'après avoir rendu ce que
l'on doit à la Patrie , on n'accepte une récompenfe : mais il faut, quand on l'a méritée, favoir
& pouvoir encore l'attendre.

SAINVILLE.
On peut l'attendre long-tems.

LE COMTE.

Envierois-tu des récompenses, comme quelques gens, qu'il est inutile de nommer, en obtiennent : Non ; car tu ne voudrois pas leur ressembler.

SAINVILLE.

Ils jouissent cependant de tous les honneurs qui attestent le mérite.

Mais croyez-vous qu'il n'y ait pas des dots aussi mal acquises que des récompenses ?

LE COMTE.

Nous parlerons de cela une autrefois. Je crains la Présidente, & je fuis.

SAINVILLE.

Mon Père, un moment........ Il ne m'écoute pas...... Mais, qu'aurai-je pu lui dire...... Il est donc vrai qu'on va marier Henriette....

(il rêve.)

SCENE VIII.

LA PRÉSIDENTE DE CANDEUSE, SAINVILLE.

LA PRÉSIDENTE *entrant par le jardin.*

ON m'attend, sans doute, avec impatience. Quoi ! vous êtes seul Monsieur ?

SAINVILLE.

Ah ! Pardon, Madame, je ne vous voyois pas.

LA PRÉSIDENTE.

Où donc eſt la Comteſſe ?

SAINVILLE.

Je l'ignore......

LA PRÉSIDENTE.

Elle n'eſt pas loin, fans doute ; depuis deux jours nous fommes fort occupées.

SAINVILLE.

(*à part.*)

De quoi donc... Je ne le fais que trop.....

LA PRÉSIDENTE.

Le Mariage d'Henriette & de mon Fils....

SAINVILLE, (*avec humeur.*)

Eh ! bien ? ......

LA PRÉSIDENTE.

Je voulois qu'il fût fecret juſqu'au dernier moment ; mais je crois que tout le monde le fait.

SAINVILLE.

Ce n'eſt pas votre faute ; car vous êtes fi difcrette !

LA PRÉSIDENTE.

Oui. Mais, je crois que l'on cherche à me deviner. A propos, favez-vous que la vieille Seri époufe le jeune Torzai ; c'eſt un mariage fort ridicule ; elle ne favoit que faire de fon argent ! . . . . Ce qui m'étonne , c'eft le Comte de Dorval, fi dédaigneux, fi fier, fi vain de fa Nobleffe , il époufe la fille de Moreuil ; un Financier, fans mœurs, fans conduite, pour qui tout moyen de s'enrichir eft convenable. . . . . . J'oubliois encore. . . . . Ah ! Madame de Geinezel, veuve d'un très - grand Seigneur, fe marie à. . . . . Son nom m'eft échappé. . . . . . . Cet Officier de Troupes légéres, qu'on ne connoît pas, ... que le jeu feul foutient à Paris ; & qui n'aime point cette femme ; malgré ce qu'on en penfoit, même du tems de fon mari. Convenez que fi toutes ces Perfonnes font malheureufes, elles le mériteront bien . mon Fils eft plus fage ; Henriette n'a pas de fortune ; mais c'eft une fille de qualité, aimable, fpirituelle. . . . . Candeufe ne tardera pas à venir ; car tous les inftans paffés loin d'Henriette, lui paroiffent des fiécles.

SAINVILLE.

Cette phrafe, commune à tous les Amans, eft bien forte pour un amour d'un jour.

LA PRÉSIDENTE.

Le Chevalier aime votre Coufine depuis long-tems, il ne vous en a donc point parlé ?

SAINVILLE.

Non. Il a mal fait ; j'aurois pû le servir peut-être.

LA PRÉSIDENTE.

Je ne sais pas en quoi, puisque le Comte & la Comtesse n'ont pas hésité à m'accorder Henriette.

SAINVILLE.

Oui ; mais ni l'un ni l'autre ne savent ce que ma Cousine pense, & . . . . . .

LA PRÉSIDENTE.

Que voulez-vous dire ? . . . . . . Henriette refuseroit-elle mon Fils ?

SAINVILLE.

Elle n'osera jamais . . . . . Cependant je crois son cœur . . . . . .

LA PRÉSIDENTE.

Je vous entends . . . . . Elle aime quelqu'un. J'en parlerai à la Comtesse . . . .

SAINVILLE.

A ma Mère ! . . . . .

LA PRÉSIDENTE.

Ne craignez rien ; tout s'arrangera . . . . Vous ne serez point compromis ; c'est un de mes grands talens de traiter les affaires délicates.

SCENE

SCENE IX.

LA COMTESSE D'AURAI, LA PRÉSIDENTE, SAINVILLE.

LA COMTESSE.

Mille-pardons, si j'ai tardé à vous joindre.

LA PRÉSIDENTE.

J'ai seul tout le tort ; je devois vous aller chercher, Monsieur m'a retenue.

SAINVILLE.

Moi ?

LA PRÉSIDENTE.

Pendant ceci, la Comtesse fait signe de sortir à Sainville, qui reste avec l'air assez inquiet.

Je serai fort aise d'être seule avec vous, ma chere Comtesse. Lorsqu'il s'agit du bonheur des personnes qu'on aime, il ne faut rien négliger, tout est précieux.

Elle s'approche.)

LA COMTESSE.

Sainville voudra bien nous laisser.

Sainville sort.

C

SCENE X.

LA PRÉSIDENTE DE CANDEUSE,
LA COMTESSE D'AURAI.

LA PRÉSIDENTE.

Mon fils aime votre niéce ; je la demande
pour lui, vous me l'accordez, mais sans avoir
consulté la personne que ce mariage intéresse le
plus, Henriette enfin ; je crains que cette alliance
ne soit pas de son goût.

LA COMTESSE.

Henriette m'a paru surprise ; mais elle n'a té-
moigné aucune répugnance.

LA PRÉSIDENTE.

Est-ce assez ? On voit tant de femmes malheureuses, qu'il faut bien prendre garde avant de
les engager ; il en est dont tous les torts ne sont
venus que de la violence qu'on leur avoit faite ;
on croit ne rien devoir à celui qu'on n'a pas
choisi ; Madame de Bellesac en est un exemple
fâcheux ; elle a fait la honte & le supplice de son
époux ; une autre plus vertueuse se seroit con-
tentée de le haïr.

LA COMTESSE.

A quoi tendent ces réflexions ?

LA PRÉSIDENTE.

Vous croirez que l'envie de parler me posséde ;

Mais seroit-il étonnant qu'une fille aimable,
spirituelle, eût inspiré & senti de l'amour; Henriette lit beaucoup, après avoir pensé quelques
tems d'après les autres, son imagination a pu s'a-
nimer; elle manquoit d'objets, mais l'esprit en
indique & le cœur les réalise.

LA COMTESSE.

Des suppositions ne sont pas des preuves.
Henriette ne m'auroit point fait mystere de ses
sentimens; d'ailleurs je m'en serois apperçue.

LA PRÉSIDENTE.

Non. Vous êtes de ces caracteres confians qui
n'apperçoivent que ce qu'on leur montre. A
votre place je sçaurois tout ce que ma niéce a
dans l'ame; je me connois en amour; je distin-
guerois une femme qui aime, dans vingt autres.

LA COMTESSE.

Sa confiance auroit suppléé à mon peu de lu-
miere..... On vous en a donc parlé?.. Nomme-
t-on la personne?

LA PRÉSIDENTE.

Non. Je soupçonne que c'est quelque Gentilhomme des environs de vos terres, qu'elle aura vu chez vous. Au reste, ces petites fantaisies
passent bien vîte. J'étois fort tendre étant jeune;
mon cœur cherchoit sans cesse un objet digne de
lui; tout ce que je voyois me paroissoit l'époux

que le Ciel m'avoit destiné, & si l'on eût écouté
mes goûts , je serois unie à tel homme que je
trouve aujourd'hui bien maussade & bien vieux.
Ce que j'ai senti , Henriette peut l'éprouver.

LA COMTESSE.

Qui peut vous avoir donné cette idée ?

LA PRÉSIDENTE.

Une personne qui sûrement est à même d'ê-
tre instruite... Mais je crains que quelqu'un
ne vienne. Sortons , je vous dirai tout.

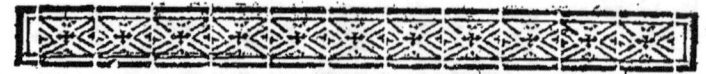

ACTE II.

SCENE PREMIERE.

HENRIETE, *entrant par le jardin & rêvant.*
L I S E *la regardant venir.*

L I S E.

Avouez, Mademoiselle, qu'un mariage est
une grande occupation.

HENRIETTE.

Je t'assure que je ne pense à rien ; & que j'i-
gnorois même où j'étois.

L I S E.

Oh ! cela n'est pas possible ; vous avez trop
d'esprit pour ne penser à rien, pour ne pas sçavoir ce que vous faites... Je vous apprendrai,
si vous me le permettrez....

HENRIETTE.

Quoi ?

L I S E.

Que le mariage en question ne vous plaît point
.... Et que vous avez l'air bien triste.

HENRIETTE.

On a toujours cet air quand on ne pense pas.

L I S E.

Vous êtes triste, Mademoiselle ; je le vois

malgré vous : ainſi vous avez du chagrin. Le
Marquis de Sainville vous a deviné.

HENRIETTE *vivement.*

Il ma deviné, dis-tu ?...... Comment ?...

LISE.

Il dit que vous ne conſentez à vous marier
que par raiſon, & que ſi l'on vous laiſſoit maîtreſſe de votre ſort, vous en diſpoſeriez autrement.

HENRIETTE.

Je ne ſçais pas ce qui peut lui avoir donné
cette idée; mais je le détromperai ſûrement.

SCENE II.
SAINVILLE, HENRIETTE, LISE.

SAINVILLE.

Quoi! ma belle Couſine, vous n'êtes point
avec ma mere?

HENRIETTE.

J'eſpérois la ſuivre; mais la Préſidenre qui
vouloit aller chez ſon Notaire avec elle, m'a fait
entendre qu'elle deſiroit être ſeule.

SAINVILLE.

J'étois chez Madame d'Herbault ; j'ai vu le
caroſſe de Madame de Candeuſe. Cette Préſi-

dente eft bien mauffade , & je vous plains fi
vous êtes obligée de paffer vos jours avec elle.

HENRIETTE.

Il y a grande apparence que cela m'arrivera.

SAINVILLE.

Aimeriez-vous Candeufe?

HENRIETTE.

Non.... Mais.... Je l'aimerai fans doute;
....Il a beaucoup d'efprit , dit-on.

SAINVILLE.

Aujourd'hui tout le monde en a.

HENRIETTE.

On le confidere.

SAINVILLE.

Sans l'eftimer ; la confidération s'accorde in-
diftinctement aux richeffes , aux places ; la perfonne eft comptée pour rien. Candeufe jouit d'une
grande fortune ; il parle fans ceffe de lui , de
fes principes ; il fe croit un Colonel de la plus
grande importance ; il eft de ceux qui donnent
leurs minutieufes idées pour de grandes vues ,
& leurs geftes pour des actions.

HENRIETTE.

Vous ne pouvez au moins lui refufer les qualités du cœur. Préférer à de très-grands mariages
une fille fans bien , ce procédé n'eft-il pas des plus
nobles & des plus généreux ?

C iv

SAINVILLE.

Candeufe est vain; soyez sûre qu'il n'agit que pour se faire des admirateurs, & qu'il y a dans sa conduite plus d'adresse que de sentiment. Seroit-il possible qu'un homme de ce caractere fut assez heureux pour vous obtenir?

HENRIETTE.

Je ne vois aucun moyen de m'y refuser.

SAINVILLE.

Mais vous êtes libre.... Vous pouvez vous souftraire au pouvoir injuste....

HENRIETTE.

Quoi? Je donnerois ce chagrin à ma Tante? Si vous eussiez été témoin du plaisir qu'elle ressentoit en m'apprennant qu'elle me donnoit au Chevalier; combien elle s'applaudissoit de m'avoir procuré un état, vous sentiriez qu'il est impossible de refuser des bienfaits où l'on met tant de chaleur & tant de grace. De quel front oserois-je lui déclarer que j'ai des volontés contraires aux siennes, & par quel motif? Tout ce que vous venez de me dire, puis-je le répéter? D'ailleurs vous êtes suspect; vous haïssez le mariage....

SAINVILLE.

Je le vois Mademoiselle, vous aimez Candeufe,.... Vous vous en défendriez envain... Excusez mon zèle.....; Je l'avoue, il m'emportoit trop loin..... Femme d'un homme qui prétend à tout, entourée de magnificence, vous ferez la personne du monde la plus heureuse. Qu'importe, en effet, le caractere d'un époux riche ? On gémit dans son appartement; mais on brille dans le monde.

HENRIETTE.

Quand vous m'avez parlé sérieusement, je vous ai répondu : l'ironie s'en mêle; je n'ai plus rien à dire. Je ne m'attendois pas à ce trait de votre part, Sainville; il m'est bien sensible, & je ne l'oublierai jamais.

(Elle veut sortir.)

SAINVILLE.

Arrêtez, arrêtez, Henriette, si vous ne voulez pas me voir au désespoir.... Non, vous n'épouserez point Candeuse.... Un autre doit avoir la préférence, si l'amour la mérite.

HENRIETTE.

Sainville, vous vous oubliez.... expliquez-vous..... un autre.... Je ne vous entends pas.... Quel mouvement vous agite... Mais parlez donc...

SAINVILLE, *regardant Lise.*

Je ne le puis.... Mais.... Ciel ! c'est ma mère. *(Lise sort.)*

SCENE III.

LA COMTESSE D'AURAI, SAINVILLE, HENRIETTE.

LA COMTESSE (*à Sainville.*)

JE ne m'attendois pas à vous trouver avec Henriette... (*à Henriette*) vous a-t'il fait part des soupçons qu'il a communiqués à la Préfidente ? Auriez-vous jamais craint qu'il pût être votre ennemi ?

SAINVILLE.

Moi, l'ennemi d'Henriette, Madame ? Et quel difcours a pu tenir la Préfidente !

LA COMTESSE.

Vous l'ignorez ; je vais l'apprendre à ma niéce. Votre coufin jaloux du fort qu'on vous prépare, vient d'infinuer à la mere de votre époux que votre cœur eft engagé.

SAINVILLE.

Dire que l'on doit confulter fon cœur, eft-ce faire entendre qu'il eft donné ?

HENRIETTE.

En effet, Madame, quelle apparence que Sainville... (*à Sainville,*) mais cependant vous me difiez qu'une autre....

SAINVILLE, *très-vivement.*

Ne répétez aucunes de mes paroles; elles n'ont aucun rapport avec ce que ma mère veut dire. La Préfidente me parloit de votre mariage, de l'amour prétendu de fon fils; elle s'applaudiffoit de vous avoir obtenue : j'ai dit qu'il auroit été convenable de s'affurer de votre confentement ; c'eft un avis tout fimple. Vous méritez, je crois....

LA COMTESSE.

Il fuffit, laiffez-nous.

SAINVILLE.

Croyez, Madame, que tous mes vœux tendent au bonheur d'Henriette.

(*Il fort.*)

SCENE IV.
LA COMTESSE D'AURAI,
HENRIETTE.
LA COMTESSE.

UNE explication devant mon fils étoit inutile; il a beau fe défendre ; il a parlé. Henriette, fi vous aimez, je vous excufe de me l'avoir caché; mais ce n'eft qu'en faveur de l'aveu que vous allez m'en faire.

HENRIETTE.

Moi , Madame ? Et qui pourrois-je aimer ?
Aurois-je donné mon cœur à quelques-uns des
objets qui n'ont, pour ainsi dire, que passé devant
mes yeux ? Je serois bien prompte à m'enflam-
mer. Je n'aime point , Madame , ou j'aime sans
le sçavoir... Ce qui ne me paroît pas possible.

LA COMTESSE.

On se trompe à des sentimens encore inconnus ; on croit ne ressentir que de l'amitié ; la
préférence que le cœur donne, semble n'être que
le discernement de l'esprit ; on croit n'avoir que
distingué , on aime ; l'occasion seule découvre
jusqu'à quel point on est engagé en se croyant
libre. Je veux que vous ayez été de bonne-foi
jusqu'à présent ; l'idée d'être l'épouse de quelqu'un à qui vous ne pensiez pas , a pu découvrir
que vous étiez prévenue pour une autre. Je me
rappelle très-bien, qu'en vous parlant du Chevalier , vous étiez triste & rêveuse.

HENRIETTE.

Je n'étois qu'étonnée , Madame. Si j'ai de l'é-
loignement pour le mariage , c'est de vous que
je le tiens. Mais puisque vous me permettez de
vous parler avec franchise.... Je vous dirai que
le Chevalier ne m'inspire aucun des sentimens
qu'il est en droit d'attendre.

LA COMTESSE.

On n'a point de répugnance, Henriette, quand on n'a pas un goût déterminé ; & si quelque chose pouvoit me faire croire que vous m'en imposez, ce seroit votre refus.

HENRIETTE.

Je ne vous refuse pas, Madame.

LA COMTESSE.

Pensez bien à ce que je vous dis : je ne disposerai point de vous, sans votre aveu ; mais j'ai des droits, je les reclame ; il me faut toute votre confiance ; & je reste votre amie......
Si vous vous obstinez à garder votre secret, songez que vous me rendez à moi-même. Je vous laisse, ... ne me suivez point ; vous avez besoin d'être seule. (*Elle sort.*)

HENRIETTE, (*seule.*)

» On se trompe à des sentimens encore » inconnus....... On croit n'avoir que dif-» tingué ; on aime « ...... Se pourroit-il ? Mais non.......

SCENE V.
HENRIETTE, SAINVILLE.
SAINVILLE.

J'ATTENDOIS avec impatience le moment de vous parler ; Henriette, ne croyez rien de ce que l'on pourra vous dire, ... fachez. . . . .

HENRIETTE.

Je ne veux rien favoir. Quelles idées avez-vous
donc pu donner de moi ? Quelles idées en avez-
vous donc vous-même ?

SAINVILLE.

Eft-il poffible que vous ayez quelques doutes
fur mes fentimens ! Quand j'aurois cherché à
vous débarraffer des Candeufes, ce n'auroit été
que pour. . . . . .

HENRIETTE.

On ne vous accufe donc pas à tort. . . . . Il eft
donc vrai. . . . . . Ce ne font pas ces Candeufes
qui m'inquiétent ; je les hais tous ; ils font venus
troubler le bonheur dont je jouiffois ; mais je ne
me confolerai jamais de l'indifférence de la
Comteffe , & c'eft à vous que je devrai tout
mon malheur , à vous que j'aimois comme. . . . .
mon frère. . . . .

SAINVILLE.

Ne m'aimez pas comme cela , & ne craignez
rien de la Comteffe , vous lui ferez toujours
chère ; mais ne vous défendez pas d'avoir un
cœur capable d'aimer, vous feriez le malheur
de. . . . . .

HENRIETTE.

Encore fi vous me difiez les raifons qui vous
font agir. . . . . .

SAINVILLE.

J'en ai de très-fortes...... Mais il faut que je voye mon Père... Soyez tranquille, je vous réponds de tout.

HENRIETTE.

Vous augmentez mon trouble, en croyant le diffiper. On vient....... Je vais rejoindre ma tante...... puiffe-t-elle avoir en moi la confiance que je voudrois mériter !

SCENE VI.

LE CHEVALIER DE CANDEUSE, SAINVILLE.

SAINVILLE.

EN vérité, Candeufe, Madame la Préfidente eft bien tracaffière ; je vous avertis qu'Henriette eft très-fâchée.

LE CHEVALIER.

La bonté de fon cœur peut avoir entraîné ma mère dans une démarche imprudente, elle en eft au défefpoir ; on devroit bien fe corriger d'écouter les propos ; agiffons & laiffons parler.

SAINVILLE.

Il ne faut pas cependant négliger les avis que l'on reçoit.

LE CHEVALIER.

Les avis ? Ce font toujours des méchancetés,

par exemple, on vient de me dire qu'Henriette
ne m'époufe que parce que je jouis d'une grande
fortune ; vous fentez combien je fuis loin d'une
pareille idée ; auffi ne m'arrêtera-t-elle pas.

SAINVILLE.

Qui peut donc vous avoir tenu de pareils
difcours ?

LE CHEVALIER.

Des Femmes qui fe mêlent de tout, & qui ne
favent rien. Ce font pourtant des perfonnes de
votre connoiffance, Madame de Flécourt.....
La petite d'Herbaut..... Vous riez......
& vous avez raifon ; cela ne vaut pas la peine d'y
penfer. Elles n'ont pas voulu me nommer ceux
qui les avoient inftruites, je ne les en ai point
preffées..... Je foupçonne......

SAINVILLE.

Qui ?

LE CHEVALIER.

Le Comte d'Aurai. Il aime à plaifanter.

SAINVILLE.

Mais, ce n'eft pas une plaifanterie de dire
qu'Henriette vous époufe par intérêt.

LE CHEVALIER.

Non. Ces Femmes auront ajouté cela d'elles-
mêmes, fur quelques folies que votre Père aura
contées, fans penfer même à fa niéce ; il rit de
toutes les hiftoires que l'on débite dans le monde;

je

je le vois, avec vous, s'occuper à donner des ridicules aux Femmes les plus à la mode, & celles de ce nombre, que vous avez paru préférer, ont toujours été les objets de ses railleries ; je ne sai quel est son projet ; mais il détruit insensiblement les charmes que vous pourriez trouver dans la société.

SAINVILLE.

M'apprendre à la choisir, ce n'est pas m'en éloigner. C'est-à-dire que vous n'approuvez pas sa conduite ?

LE CHEVALIER.

Je trouve qu'il vous met dans le cas d'avoir beaucoup d'ennemis. Les jeunes gens ont besoin d'être plus circonspects avec les Femmes de qualité-sur-tout, sans s'occuper, comme le Comte, de la différence que les mœurs mettent entr'elles.

SAINVILLE.

Il me semble que les vertus méritent des distinctions.

LE CHEVALIER.

Vous vous trompez. On ne les doit qu'au rang, à la faveur. Ce sont précisément celles dont on vous éloigne, qui feroient votre fortune. Si j'avois suivi votre exemple, je ne serois pas à la tête d'un Régiment. Mais aussi, je pense que le Ministre s'applaudit tous les jours de la préfé-

D

rence qu'il m'a donnée ; le Corps que je com-
mande eſt un des mieux tenus que je connoiſſe ;
& ſi la Cour vouloit profiter de mes avis, nos
Troupes ſeroient le plus magnifiquement vêtues
& les plus agiles de l'Europe.

SAINVILLE.

Je ne connois de parure pour le ſoldat, que
la bonté de ſes armes ; quant à ſon activité, elle
dépend de ſa confiance dans ſon Général, de ſon
zèle pour ſon Roi, & de ſa bravoure dans le
danger.

LE CHEVALIER.

Vous êtes plein des erreurs populaires. Tout
dépend du talent de le diſcipliner. J'ai vû dans
la dernière guerre.......

SAINVILLE.

Laiſſons cela ; parlons de la Préſidente. Que
penſe-t-elle d'Henriette.

LE CHEVALIER.

Tout le bien poſſible. Elle craignoit ſeulement
que votre couſine ne fût prévenue pour un autre ;
je l'ai raſſurée. Mademoiſelle Henriette ne don-
nera jamais ſon cœur, ſans l'aveu de ſa raiſon.
Puis je craindre de ne pas lui plaire ? Avec des
égards, des procédés......

SAINVILLE.

On mérite l'eſtime..... mais.....

LE CHEVALIER.

Quoi ?

SAINVILLE.

La tendreſſe......

LE CHEVALIER.

Croyez-vous que je veuille être l'amant de ma femme ? Et que j'exige toutes ces démonſtrations de ſentimens, que quelques-unes affectent, bien moins pour faire le bonheur de leur mari, que pour les mieux tromper. Je veux être aimé, ſans doute, mais comme on aime dans le monde.

SAINVILLE.

Comme on aime dans le monde, vous n'êtes pas difficile !

SCENE VII.

LA COMTESSE D'AURAI, HENRIETTE, SAINVILLE, LE CHEVALIER DE CANDEUSE.

LA COMTESSE.

JE vous vois avec plaiſir, Chevalier ; je ſerai la première à vous annoncer qu'Henriette conſent à devenir votre femme. Son attachement à ſa famille, la crainte de ne plus nous voir étoient les obſtacles qui l'arrêtoient, & que mes aſſurances ont diſſipées. Elle peut à préſent vous dire elle-même ce qu'elle penſe.

HERIETTE, (*froidement.*)

La généroſité de vos ſentimens mérite de ma part la plus vive reconnoiſſance. Oui, Monſieur, J'accepte votre main...... Que n'accepterois-je pas de celle qui m'eſt ſi chère ! (*en montrant la Comteſſe.*)

SCENE VIII.

LA PRÉSIDENTE DE CANDEUSE, LE CHEVALIER DE CANDEUSE, LA COMTESSE D'AURAI, HENRIETTE, SAINVILLE.

LA PRÉSIDENTE.

JE ſuis confondue, & je viens pour avoir des éclairciſſemens. Je quitte Madame de Flécour, qui m'a dit très-poſitivement, que mon Fils n'épouſeroit jamais Henriette ; qu'elle étoit deſtinée pour un autre ; (*à la Comteſſe*) qu'en-vain la fortune du Chevalier vous ſéduit ; que le Comte ne la croit pas auſſi conſidérable ; que d'ailleurs il aime mieux marier ſa Niéce à quelque Gentilhomme peu riche, mais de bonne Maiſon, qu'au Fils d'un homme de Robbe. Je ſuis accourue, eſpérant trouver M. le Comte ; je veux abſolument qu'il s'explique.

LA COMTESSE.

S'il eût pû faire de pareilles confidences, elles
n'auroient point été pour Madame de Flécour. Le
Comte n'est ni imprudent ni faux ; je l'ai vû
enchanté du mariage d'Henriette, il n'a pas
changé en un moment. Mais enfin, Madame de
Flécour vous a-t-elle dit tenir ce qu'elle savoit,
de mon Mari.

LA PRÉSIDENTE.

Pas directement ; c'est Madame d'Herbaut,
qui lui a tout conté, & je vais la trouver, son
hôtel est à côté de celui-ci ; il faut absolument
nommer ceux qui nous rendent de si bons offices ;
donnez-moi la main, Chevalier.

LE CHEVALIER.

Madame toutes ces démarches sont inutiles ;
M. le Comte vous dira lui-même ce qu'il pense.
Que vous importe les discours des autres !

LA PRÉSIDENTE, (avec humeur).

Tout m'importe, Monsieur, je veux connoître
mes amis, mes ennemis ; je veux toujours savoir
qui je dois aimer ou haïr. Avec votre discrétion,
votre prudence, vos égards, on est la dupe de
tout le monde.

LE CHEVALIER.

Souvent l'éclat qui suit les explications, fait

D iij

plus de tort que le filence, & nous fépare de la fociété.

LA COMTESSE.

Les explications ne brouillent jamais les honnêtes gens.

LE CHEVALIER.

Elles font toujours dangereufes.... d'ailleurs la politeffe exige......

LA PRESIDENTE

La politeffe eft une fauffeté qui fert la calomnie. J'ai vû des femmes accueillir les auteurs des hiftoires qu'on avoit fait d'elles, & donner lieu par cette conduite, de croire qu'elles avoient befoin de ménager les méchans. Comment les connoître ces méchants, fi on ne les démafque pas? Comment fe défendre, fi l'on ne fait pas que l'on eft accufé? Si Madame la Marquife de Canaple favoit que Défignie paffe pour fon amant, elle cefferoit peut-être de le voir. Si Madame la Comteffe de Ranieval n'ignoroit pas qu'on la regarde comme une perfonne qui fait fixer la fortune, pafferoit-elle des jours entiers au jeu? Le petit Comte de Glaiffel n'a point d'amis capables de l'avertir qu'on foupçonne fa bravoure. M. Derville eft méprifé, moins par la caufe de fa fortune que par l'abus que fa femme en fait; le fafte de cette Financière eft ridicule, Et Madame.....

LE CHEVALIER.

Eh ! ma Mère........ Pourquoi tous ces détails?

LA PRESIDENTE.

Pour vous prouver, Monfieur, qu'il ne faut être ni foupçonné, ni accufé, ni raillé, & que l'expérience que j'ai du monde, eft plus fûre que votre méthode.

(Elle fort, le Chevalier auffi)

SCENE IX.

LA COMTESSE D'AURAI, SAINVILLE, HENRIETTE.

LA COMTESSE.

IL faut fupporter les défauts qu'on ne peut détruire ; elle eft vive, mais elle eft bonne ; j'aurois tort de me fâcher, votre fortune, Henriette, mérite bien quelques complaifances de ma part. Le Comte ne tardera pas à venir, je vais l'attendre ; je faurai bientôt s'il eft contraire à mes projets, *(à Henriette)* fuivez-moi.

(Elles fortent.)

SAINVILLE, *feul.*

Ma Mère eft, je crois, la première femme qu'on ne puiffe brouiller avec une autre *(au Comte qui entre)* ah ! mon Père, je vous attendois avec impatience.

D iv

SCENE X.

LE COMTE D'AURAI, SAINVILLE.

LE COMTE.

ET qu'as-tu donc de si pressé à me dire ?

SAINVILLE.

Ma Mère vous attend, pour vous demander une explication, je dois vous prévenir sur ce qu'elle veut savoir.

LE COMTE.

Mais elle me le dira mieux que toi.

SAINVILLE.

Non, sûrement. La Présidente est venu se plaindre de quelques...... plaisanteries faites sur le compte du Chevalier ; elle vous accuse...... Cependant, tout ce qu'on a dit, vient de moi.

LE COMTE.

De toi ?

SAINVILLE,

Oui....... Oui. Mais il ne faut pas qu'on le sache ; & je voudrois que vous vous chargeassiez de tout...... sans entrer dans aucun détail.

LE COMTE.

Il faut savoir ce que tu as dit.

SAINVILLE.

Si vous vouliez traiter l'affaire à fond ; mais cela n'en vaut pas la peine....... Avouez tout & riez de tout.

LE COMTE.

Ma femme, tu le fais, n'aime pas que je plaifante trop long-tems ; je la fâcherois.

SAINVILLE.

Elle finira par rire, avec vous. Son férieux ne tient jamais contre votre gayeté.

LE COMTE.

Mais encore faut-il que je fois en état de répondre à fes queftions. Candeufe eft au moment d'époufer Henriette ; ce n'eft pas trop bien prendre fon tems, pour en mal parler.

SAINVILLE.

Eft-ce que ce mariage ne vous déplaît point ?

LE COMTE.

Non. Je le trouve très-heureux pour Henriette.

SAINVILLE.

C'eft qu'il me déplaît à moi.

LE COMTE.

Et de quoi te mêles-tu, je te prie ?

SAINVILLE.

Vous ne penferez donc jamais à me marier ?

LE COMTE.

Quelle fureur de mariage t'a-t-il donc pris ? amoureux le matin, époux le foir......

SAINVILLE.

Il faut bien avoir un but & tâcher de s'y rendre.

LE COMTE.
Oui. Mais sans se presser. Le bonheur qu'on
espère ne s'y trouve pas toujours

SAINVILLE,
Est-ce au plus heureux des hommes à vouloir
inspirer de pareilles craintes !

LE COMTE
Crois - tu qu'il y ait beaucoup de femmes
comme la mienne, raisonnable & tendre ? Pense-
tu que l'on fasse souvent des mariages comme
le nôtre ?

SAINVILLE.
Oui, tous ceux où l'amour préside.

LE COMTE.
Rarement il préside ; plus rarement encore
il fuit.

SCENE XI.
LE COMTE et LA COMTESSE
D'AURAI, SAINVILLE.

LA COMTESSE.
IL faut bien que je vienne vous chercher ; car
je vous attendrois envain, quand vous êtes avec
Sainville.

LE COMTE, (*riant.*)
Il me disoit des choses fort intéressantes ; vous
en pouvez juger. J'allois cependant me rendre à

vos ordres ; mais pour vous dire que je ne veux
pas que vous grondiez , & que la Présidente fait
toujours grand bruit pour peu de chofes.

LA COMTESSE.

Il eft tout fimple que cette femme réponde à
ce que l'on dit contre fon Fils, & qu'elle cherche
à connoître votre façon de penfer : d'ailleurs elle
eft incapable de tromper fur fa fortune.

LE COMTE, (regardant Sainville.)

Auffi n'en a-t-on point parlé.

SAINVILLE, (faifant figne au Comte.)

Un peu..... un peu , mon Père.

LE COMTE,

Peut-être quelques mots en l'air.

LA COMTESSE.

Eft-ce à Madame de Flécour, ou à Madame
d'Herbaut ?

LE COMTE, (regardant Sainville.)

Je ne fais.

SAINVILLE, (fans regarder perfonne)

Elle a nommée la dernière.

LE COMTE, (à Sainville.)

En es-tu sûre ?

LA COMTESSE.

Vous rirez tant qu'il vous plaira ; mais je ne
fuis point contente de vous. Cependant j'avois
quelques foupçons fur un autre, (regardant
Sainville.)

LE COMTE.

Sur qui ? Sur mon Fils ? Ah ! il eſt incapable......

SCENE XII.

LA PRESIDENTE DE CANDEUSE, LE COMTE D'AURAI. LA COMTESSE, LE MARQUIS DE SAINVILLE.

LA PRESIDENTE.

JE vous fais mes excuſes, Comteſſe ; ce n'eſt point Monſieur, (*en montrant le Comte*) qui a parlé. Une perſonne moins eſſentielle dans cette affaire, eſt la ſeule coupable.

LA COMTESSE.

Je ne vous entends point. Que voulez-vous dire ?

LA PRESIDENTE.

Que tout ce qu'a raconté Madame d'Herbaut vient de Sainville, dont la trop grande légereté l'empêche ſouvent de ſentir la conſéquence de ce qu'il dit. Je n'y penſe plus, j'aime Henriette, je la regarde dès-à-préſent comme ma Fille, & croyez qu'elle ſera la plus heureuſe des Femmes. ....., Tout ceci m'a fait oublier des gens qui m'attendent chez moi ; j'y vais & reviens dans l'inftant, pour figner le contrat ; nous pafferons la foirée enfemble...... Je ne fais ce que mon Fils eft devenu, je n'ai pas voulu qu'il me fuivît ; je le ferai chercher pour qu'il vienne nous re-joindre. *Elle fort.*

SCENE XIII.
LE COMTE, LA COMTESSE, SAINVILLE.

LA COMTESSE.

Cette femme a le meilleur cœur du monde ..... (*à Sainville*) Et vous devriez être hon-teux de votre conduite.

LE COMTE.
N'a-t-il pas fait un grand crime ?

LA COMTESSE.

Plus grand que vous ne penfez. Que l'on s'amufe quelquefois du ridicule des autres , c'eft toujours un tort ; mais il eft toléré dans le monde ; on a fait rire, on eft fatisfait, quoi-qu'il me femble que le rôle de plaifant foit peu digne d'un homme raifonnable.

Mais que l'on cherche à brouiller des amis ; c'eft une noirceur qui ne peut plaire à perfonne. Vous accoutumez votre Fils à traiter de baga-telles ce qu'il fait, ce qu'il dit ; vous voulez qu'il soit agréable dans la société, par le peu d'importance qu'il met à tout ; qu'il connoisse les hommes plus par leurs défauts, que par leurs vertus. Vous l'avez conduit insensiblement à devenir étourdi, tracassier, méchant ; enfin je n'oublierai jamais sa conduite dans cette journée. Quoi ? je trouve une fortune considérable pour Henriette ; Sainville pour s'amuser seulement, détruisoit, sans la bonté de la Présidente, tout le fruit de mes soins !

LE COMTE, *(après un silence.)*

Avoue-le moi, mérite-tu ce que ta Mère vient de dire ?

SAINVILLE.

Oui, mon père ; j'ai des torts plus que je ne pensois : Madame a jetté dans mon ame un rayon de lumière, qu'un sentiment dont je ne suis pas maître, obscurcissoit. Si vous saviez les véritables raisons qui m'ont fait agir...... Vous me trouveriez moins coupable.

LA COMTESSE.

Non, Sainville, une mauvaise action ne change pas de nature par son motif. C'est à l'aide d'un mensonge, que vous avez voulu désobliger Henriette, ou la servir, comme vous voudrez. Mentir est un défaut auquel on se livre sans s'en appercevoir. D'abord c'est pour s'amuser, bientôt pour se défendre, ensuite pour deshonorer ceux dont les mœurs font la censure des vices.

Je vais retrouver Henriette ; j'espère qu'elle ne me fera nulle question sur ce qui s'est passé ; car je ne voudrois pas être obligée de convenir que vous ne méritez pas son estime.

(*Elle sort.*)

SCENE XIV.
LE COMTE D'AURAI, SAINVILLE.
LE COMTE.

EH bien, mon Fils !

SAINVILLE.

Eh bien, mon Père ! Si vous m'eussiez écouté, je n'aurois pas fait toutes les sotises qu'on me reproche. Je vous ai dit qu'il dépendoit de vous de me rendre heureux ; que j'aimois....

LE COMTE *avec impatience.*

Qu'a de commun ton amour avec tout ceci ?

SAINVILLE.

Si la personne que j'aime étoit tante....

LE COMTE, *vivement.*

J'aurois très mauvaise opinion de son caractere.

SAINVILLE.

Quoi ? vous ne m'entendez pas ; j'aime....

LE COMTE.

Tu me l'as dit, abrége.

SAINVILLE.

Une perſonne aimable......

LE COMTE.

C'eſt toujours comme cela.

SAINVILLE.

J'ai beſoin de toute votre bonté, de votre pitié même; ne me repouſſez pas...

LE COMTE, *avec tendreſſe.*

Mais parle donc... Cette femme eſt-elle de
ma connoiſſance?

SAINVILLE.

Oui, mon Père,...... & même vous l'aimez beaucoup.

LE COMTE (*rêvant un peu.*)

Je l'aime.... C'eſt donc.... Henriette....
Cela n'eſt pas poſſible!

SAINVILLE.

Juſqu'à préſent j'avois cru ne ſentir pour elle
qu'une amitié toute ſimple; je n'éprouvois point
ces deſirs qui caractériſent l'amour; j'étois occupé d'Henriette, mais je croyois que c'étoit l'effet du déſœuvrement où me laiſſoient les femmes
que je voyois; ma mère ne vouloit pas la marier,
je regardois ma couſine comme une compagne
avec laquelle je paſſerois ma vie; j'étois heureux,

car

car j'étois tranquille : ce matin on m'annonce qu'elle épouse Candeuse; le trouble me saisit; je cherche à démêler ce qui se passe en moi; mes yeux incertains rencontrent ceux d'Henriette; la foudre n'est pas plus prompte que la révolution qui s'est faite dans mon ame. J'ai senti tout-à-la fois, l'amour, la jalousie, la haine. L'idée de voir Henriette au pouvoir d'un autre ma fait perdre la raison. Je suis devenu maussade, tracassier, menteur. J'ai voulu brouiller la Présidente & ma-mère; insinuer que le cœur d'Henriette étoit prévenu; j'ai fait quelques visites pour mal parler des Candeuses, j'ai dit quelques vérités; il se peut que dans l'état violent où j'étois, j'aye trop outré les choses.

LE COMTE.

Quelle conduite, mon fils ! Elle m'étonne au point que je ne puis vous répondre.... Il est inutile de penser à votre cousine; jamais votre mère ne vous l'accordera; Quand je lui parlerois de votre amour, je ne la persuaderois pas; elle m'accusera de trop de complaisance pour vos fantaisies; croyez-moi, ce seroit une démarche inutile.... Renoncez à votre tendresse, elle n'est peut-être pas aussi vive que vous le pensez..

SAINVILLE *prenant la main du Comte.*

Il n'est plus tems de me donner des conseils....

E

Mon Père, avez-vous ceffé d'être cet ami fi fenfible à mes plus foibles chagrins, à mes plus fim-
ples plaifirs?... Au nom de tout ce que vous
avez de plus cher, au nom de cet amour dont
vous feignez de croire qu'on fe dégage aifément, vous qui en avez fenti le pouvoir.....
Au nom d'Henriette accordez-moi ce que je
demande. Preffez, vous obtiendrez.

LE COMTE.

Mais Henriette vous aime-telle?

SAINVILLE.

Je ne fçais... feroit il impoffible qu'elle eût
éprouvé les mêmes fentimens que moi?

LE COMTE.

Ce feroit un très-grand malheur; car enfin,
votre mère a donné fa parole.

SAINVILLE.

Ah! réfiftera-t-elle au plaifir de faire le bonheur de fon fils, quand vous l'en folliciterez!

LE COMTE.

Mais fonge donc qu'il faut que je paroiffe
t'approuver, qu'il faut l'engager à rompre ou-
vertement avec des perfonnes qu'elle eftime....
Je ne puis me réfoudre...

SAINVILLE *aux genoux du Comte.*

Mon pere, il y va de ma vie.

LE COMTE.

Je ne puis te refufer.

SAINVILLE *fe levant , embraffe le Comte.*

Ah! J'ai retrouvé mon ami.

LE COMTE.

Laiffe-moi ; je reviendrai te rendre compte de
ce que j'aurai fait.

ACTE III.

SCENE PREMIERE.

Il fait nuit, il y a des lumieres.

LA COMTESSE D'AURAI *entrant par un côté du théâtre.*

SAINVILLE, *par le côté opposé, & voulant se retirer.*

LA COMTESSE.

Restez. Ce n'eſt pas moi que vous cherchez ici ; mais je viens vous faire ma réponſe.

SAINVILLE *à part.*

Ah, Ciel ! que va-t-elle m'apprendre !

LA COMTESSE.

Je ne vous reprocheraï point les torts que vous avez eus ; je ne vous ferai pas un crime de l'amour que vous dites reſſentir pour Henriette ; je le ſuppoſe même auſſi fort que vous l'annoncez ; je me borne à une ſeule queſtion. Croyez-vous qu'il ſuffiſe d'aimer ſa femme pour être heureux ?

SAINVILLE.

Oui, Madame, j'en ſuis perſuadé ; &......

LA COMTESSE.

Si je vous prouve le contraire ?.... Si je vous

apprens que ce qui vous femble un bonheur, eft une chimère que le tems détruit? . . . . Vous ne voyez que des plaifirs ; bientôt vous ne trouverez que des peines. Des amis perfides viendront vous infinuer le tort que vous vous êtes fait en facrifiant la richeffe à l'amour ; ils vous plaindront de n'avoir écouté que votre cœur ; ils vous perfuaderont que vous ne pouvez être heureux, que vous ne l'êtes pas : êtes-vous bien fûr de ne laiffer jamais entrevoir à votre compagne les regrets dont vous ferez tourmenté? Vous n'en pouvez répondre; la plus legere brouillerie peut devenir une occafion de reproche ; fi votre femme eft fenfible & fiere, vous êtes à jamais défunis; plus elle auroit été tendre, plus elle fera révoltée; vous ne trouverez que des froideurs, des mépris ; vous n'afpirerez peut-être qu'au bonheur d'une féparation, & vous ferez l'indécente démarche que les loix autorifent, mais que l'honnêteté défavoue. Les ames viles qui feront caufe des chagrins que vous aurez éprouvés, riront du foin que vous aurez pris d'en inftruire le public. Sans amis, fans confolation, odieux à vous-même, vous détefterez la foibleffe de vos Parens, & vous traînerez des jours malheureux, dévoré de la cruelle certitude qu'ils devoient être brillants.

E iij

SAINVILLE.

Ce tableau, tout affreux qu'il eſt, n'a rien de re-
doutable pour moi. Je ne crains pas les faux amis;
on ne tient point de mauvais propos à ceux qui
ne ſçavent pas les entendre. S'il eſt des hommes
capables de mal agir avec leurs femmes, ils méritent le ſort que vous m'annoncez ; mais croyez
qu'ils n'ont pas été conduits par des ſentimens
bien purs. Si vous examinez les perſonnes que
vous pourriez me citer, vous verriez que des cir-
conſtances les ont déterminées plus que la tendreſſe. Je n'ai pas encore beaucoup d'expérience,
& cependant j'ai déja vu que l'amour ſert bien
ſouvent de voile aux vices. On affecte des
paſſions pour ſe livrer au deſordre. Vous me dé-
fiez, pour ainſi dire, de répondre de moi ; igno-
rez-vous qu'on eſt toujours maître de ſes procédés.
Pénétré d'un ſentiment qui fera mon bonheur,
convaincu de mes devoirs, ma femme que j'aurai choiſie, pourra-t-elle devenir l'objet de mon
indifférence & de mes injuſtices...........

LA COMTESSE.

Mon fils, l'amant peut diſparoître.

SAINVILLE.

Mais l'honnête homme reſte. Ma mère, pre-
nez plus de confiance dans une âme formée ſous

vos yeux ; ma façon de penser n'est pas l'ouvrage
d'un mercenaire occupé de plaire par une basse
complaisance ; c'est un Père attentif, ferme &
tendre ; une Mère éclairée, décente & sensible,
qui m'ont donné la plus réelle, la plus solide éducation, l'exemple de mes Parens. Croyez qu'en
demandant Henriette pour épouse, je m'engage par
le serment le plus saint à conserver dans toute sa
pureté le sang que vous avez fait passer dans mes
veines. Où cacherois-je ma honte, si je cessois
d'être estimé de vous!

LA COMTESSE.

Sainville, vos discours me persuadent de l'honnêteté de votre âme ; & je serois même séduite
si je pouvois l'être. Mais vous connoissez les loix
de l'honneur ; j'ai donné ma parole, je n'y man-
querai pas. Henriette étoit digne de vous, & malgré la ferme volonté où j'étois de vous procurer
une grande fortune, je sens que j'aurois peine à
me défendre de vos instances si j'étois libre.
Gardez les sentimens que je découvre en vous,
ils feront un jour votre bonheur.

SAINVILLE.

Il n'en est plus pour moi, Madame, s'il faut
renoncer à ma chère Henriette. Je n'espére &
n'exige pas que vous retiriez votre parole ; quoi-

que cela ne feroit point une chofe inouie ; mais
différez au moins pour quelque tems un mariage
que je ne puis fouffrir ; quelques circonftances
pourront alors vous dégager.

LA COMTESSE.

C'eft à-dire, que vous ne croyez pas que c'eft
manquer à fa parole, que de chercher les moyens
d'éluder l'obligation de la tenir.

SAINVILLE.

Non, fi les moyens ne viennent pas de vous.
Que fçait-on ? La Préfidente peut changer d'elle-
même ; elle ne fe pique pas d'une grande exac-
titude.

LA COMTESSE.

Quelle honte alors pour Henriette d'être
abandonnée par des perfonnes qui l'ont recher-
chée !

SAINVILLE.

Si je remplace l'époux qu'elle perdra, on croira
fans peine qu'elle a voulu me donner la préférence ; je vaux Candeufe, je crois, à tous égards.

LA COMTESSE.

Les biens confidérables dont il jouit........

SAINVILLE.

Eh ! Madame. Eft-il poffible que vous vous
occupiez fans ceffe de la fortune, vous qui la
méprifez !

LA COMTESSE.

Je puis penfer pour moi autrement que pour les autres.... Mon fils, il ne vous refte plus qu'une reffource.... éloignez-vous pour quelque tems ; quand vous ne verrez plus Henriette vous ferez tranquille ; l'habitude d'être avec elle vous a peut-être fait croire que vous ne pouvez vous en paffer ; le tems vous éclairera fur vos véritables fentimens.

SAINVILLE.

Parce que vous ne voulez pas que j'époufe Henriette ; il faut que je me fépare des feules perfonnes qui pourroient adoucir mes chagrins. Ah! ma mere!...... _un moment de filence._

SCENE II.
LA COMTESSE, LA PRÉSIDENTE, SAINVILLE.
LA PRÉSIDENTE.

J'ai trop tardé, fans doute, mais je n'ai pu me débarraffer plutôt des importuns ; je fuis enfin à vous, libre de tout foin ; jamais je ne me fuis fentie de fi bonne humeur. N'eft-il pas vrai, Comteffe, que le bonheur que l'on procure répand dans l'ame une joie bien précieufe? Vous l'éprouvez comme moi.

Je comptois trouver le Chevalier ici.... Le Bijoutier l'aura fait attendre ; ce qu'il a choisi eft charmant.... Vous avez vu les pierreries ce matin ? Tout vous plaira de même..... Sainville, on figne le contrat ce foir , on fe marie demain , & dans trois jours je veux que votre nouveau coufin foit votre meilleur ami. Je l'ai grondé fur ce qu'il étoit trop férieux avec vous, il m'a promis qu'il fe mettroit à votre ton. Quand on eft uni & qu'on s'aime, les caractères fe rapprochent aifément... (*à la Comteffe*) mais qu'a-t-il donc encore ? Il me paroît bien trifte.

LA COMTESSE.

Un voyage qu'il ne comptoit pas faire dérange le plaifir qu'il fe promettoit. Il eft fâcheux d'être obligé de rejoindre fon Régiment , quand on a des fêtes chez foi ; il part demain.

LA PRÉSIDENTE.

J'en fuis très-fâchée, Comteffe... Mais il faut obtenir un congé... Je m'en charge ; fi vous voulez ; je veux abfolument qu'il foit à notre mariage. J'aimerois mieux le différer que de le célébrer fans lui....

SAINVILLE, *vivement.*

Oui, Madame , vous avez raifon ; je mérite qu'on ait cet égard... & je vous en aurai , je vous jure, une obligation infinie. A mon retour. on·....

LA COMTESSE.

Vous abufez des bontés de Madame , mon
fils ; & vous defobligez Henriette & Candeufe.
Le Chevalier fe plaindroit à jufte titre d'un re-
tard fondé fur une caufe fi peu intéreffante. Vous
ne ferez point à la célébration des Noces.....
Eh ! bien nous célébrerons vôtre retour ; ce fera
fêtes pour fêtes.... fi vous revenez plus raifonnable fur-tout. Le Comte eft avec le Notaire
chez moi , fi vous voulez , Préfidente, nous nous
y rendrons ; & mon fils ira fonger à fon départ.

SAINVILLE, *à la Comteffe.*

Madame , un moment.

LA PRÉSIDENTE.

Mais s'il a quelques chofes à vous dire, je vous
laiffe.

LA COMTESSE.

Eh ! non , tout eft dit entre nous.

SCENE III.

SAINVILLE, HENRIETTE *entrant par le côté de l'appartement du Comte.*

SAINVILLE *feul.*

Tout efpoir eft perdu pour moi.... Et mon
Pere m'abandonne. (*courant au-devant d'Henriette.*)

Ah ! c'eſt vous ; c'eſt vous que je vois enfin ,
Henriette ! je vais donc vous perdre !

HENRIETTE.

N'ajoutez point vos regrets aux miens ; je n'aurois pas la force d'en triompher.

SAINVILLE.

Vous épouſez Candeuſe ! eſt-il poſſible ? Vous
diſiez que vous ne l'aimiez pas. Vous l'acceptez
cependant ?

HENRIETTE.

On ne me l'a point offert , Sainville ; on me
l'a donné ; il faut obéir. Mais je ne ſçais ce qui
ſe paſſe dans mon ame , un trouble affreux l'a-
gite. Plus j'approche de l'inſtant qui doit m'unir
à Candeuſe , plus je ſens d'éloignement pour
lui. L'idée d'un engagement éternel ne peut ſeule
faire éprouver une douleur auſſi vive ; il me ſem-
ble que je ſuis réſervée aux plus grands malheurs ,
dès l'inſtant que j'aurai quitté cette maiſon.
Quel attrait enchanteur m'y fixe ?... Quand
ce moment devroit être le dernier de ma vie ,
je en ſerois pas dans un état plus cruel.

SAINVILLE.

Il en eſt un plus terrible que le vôtre , Henriette ; c'eſt celui où je me trouve.

HENRIETTE.

Vous ? Et quel chagrin peut altérer le bonheur
dont vous jouiſſez ?

SAINVILLE.

Dites le bonheur dont je jouissois, & que je n'ai pas connue. Au sein de ma famille , maître de vous voir à toute heure , je vivois dans une paix profonde ; je n'imaginois point de malheur . . . . . . Henriette me pardonnerez-vous ce que je vais dire . . . . . . dans le moment où vous êtes à Candeuse ; je devrois , sans doute , garder le triste secret qui me dévore. . . . . . Ah ! du moins vous me plaindrez . . . . En vous donnant à quelqu'un que vous n'aimez pas, votre cœur indifférent sur les objets qui vous environnent , n'éprouve que les souffrances de la contrainte. Mais en vous perdant , le désepoir remplit mon ame. Je vous vois passer dans les bras d'un autre , quand l'amour le plus vif vous appelle dans les miens ! Ne s'est il donc caché dans mon cœur que pour se faire sentir avec plus de violence ! J'ai tenté vainement de rompre votre mariage ; je me suis apperçu trop tard de mes sentimens ; je vous aime enfin . . . . . .

HENRIETTE, [*après un peu de silence.*]

Je pardonne à votre situation l'aveu trop indiscret que vous venez de me faire ; vous sentez vous-même qu'il falloit cacher votre amour ; avez-vous bien songé à ce qu'il a de dangereux pour moi ? Mon cœur que vous croyez indifférent, peut-il être infenfible à la perte du vôtre ? Vous augmentez mes chagrins & mes regrets.

SAINVILLE, [*vivement.*]

Ah ! fi mon amour vous touchoit ; fi vous partagiez ma tendreffe & mon défefpoir ; fi vous êtiez perfuadée que notre bonheur feroit d'être unis l'un & l'autre ; vous pourriez. . . . . . .

[*Il s'arrête.*]

HENRIETTE.

Que puis-je dans les circonftances où je fuis.

SAINVILLE.

Que ne pourriez-vous pas ! . . . . . . Vous êtes libre encore ; ma Mère n'aura pas la cruauté de vous contraindre. . . . . . . Henriette m'aimez-vous ?

HENRIETTE.

Vous êtes certainement l'objet le plus cher à mon cœur. . . . . . Votre efprit ranime le mien. Il femble que je ne penfe, que lorfque vous me parlez. Rien ne peut exprimer le charme que je trouve à vivre avec vous. Mais cette fituation n'eft point nouvelle ; je l'éprouve depuis que je fuis ici. Tout ce que j'ai pû lire fur les effets de l'amour reffembleroit affez à ce que je fens . . . . Ce que j'en entends dire, ce que je vois dans le monde eft fi différent, que je crois

n'avoir pour vous que de l'amitié...... Mais
que cette amitié est tendre !

SAINVILLE.

Non. Vous m'aimez ; j'ose vous le dire ;
croyez-en votre cœur ; croyez-en ma tendresse.
Le charme que vous éprouvez avec moi, n'est
que l'effet inconnu d'un feu que l'amour répand
dans votre ame...... Vous ignorez ce que je
sens trop bien; [*il se met aux genoux d'Henriette*]
cédez au sentimens qui vous parle.........
Consentiriez - vous à devenir l'épouse de Candeuse, si vous pouvez être la mienne !

HENRIETTE.

Un pareil espoir me seroit-il permis !

SAINVILLE.

Je ne puis être heureux, sans vous.

HENRIETTE.

Eh! je ne puis être heureuse avec un autre.

SCENE IV.
SAINVILLE, HENRIETTE.
CANDEUSE

CANDEUSE, (*entre par la porte du jardin & sort à l'instant.*)

AH!

HENRIETTE, (*à Sainville, qui est encore à genoux.*)

Ciel ! Candeuse vous a vû; levez-vous.

SAINVILLE, (*se relevant.*)

Mais, je n'ai vu personne, ... par où.... comment.......

HENRIETTE.

Par le jardin...... Il nous a vu, vous dis je.

SAINVILLE.

Eh, bien! Henriette, ce moment décide de mon sort...... Je vais trouver Candeuse.

HENRIETTE.

Arrêtez....... qu'allez-vous faire ? ....

SAINVILLE.

Vous obtenir de lui-même.

HENRIETTE.

A quel éclat m'expofez-vous , ... & quel danger ofez-vous courir .....

SAINVILLE.

C'eft pour éviter cet éclat au contraire...... des dangers , je n'en connois point quand il s'agit de vous.

HENRIETTE, (*tenant Sainville.*)

Non, vous ne fortirez pas......

SAINVILLE.

Henriette , les momens font chers , & mon amour vous répond du fuccès.

(*Il s'échappe.*)

SCENE

SCENE V.
HENRIETTE *seule.*

SAINVILLE..... il ne m'écoute pas...... Je fuis au défefpoir. (*à la Comteffe qui entre.*) Madame...... votre Fils.

SCENE VI.
LA COMTESSE, HENRIETTE,
LA COMTESSE.

MON Fils..... que fait-il ?....

HENRIETTE, (*à part.*)
Que vais-je dire..... Si vous faviez.....

LA COMTESSE.
Mais expliquez-vous donc.....

HENRIETTE.
Sainville cherche Candeufe.....

LA COMTESSE.
Eh ! pourquoi ?..... Seroit - il poffible.... Seriez-vous caufe...

HENRIETTE.
Je ne fuis point coupable..... mais je ne pouvois empêcher Sainville de m'apprendre qu'il m'aimoit...... avois-je pû le prévoir !....

LA COMTESSE.
Eh ! bien ?

HENRIETTE.
Je n'ai pas fû lui cacher que je l'aime..... & j'en fuis bien punie par l'effroi mortel qui s'eft emparé de mon ame. Candeufe a furpris Sainville à mes genoux......

LA COMTESSE.
Oh ! Ciel...... que faire......

F

SCENE VII.

LE COMTE D'AURAI,
LA COMTESSE, HENRIETTE.

LA COMTESSE.

COMTE, courez après votre Fils.

LE COMTE.

Pourquoi ? ..... que voulez-vous dire ?

LA COMTESSE.

Sainville défefpéré de ne pouvoir obtenir Henriette......... la difpute peut-être en ce moment à Candeufe.

LE COMTE, (*avec une forte d'incertitude.*)

Bon ! vous voyez des chofes......... qui n'arriveront fûrement pas....... D'ailleurs, le Chevalier n'eft pas fi violent que Sainville.

LA COMTESSE.

Candeufe doit être aigri par ce qui s'eft paffé...... ah ! fuivez-les, s'il eft poffible... ...Quoi! Vous reftez ?

[*Le Comte fait quelques pas & revient.*]

LE COMTE, (*après un moment de filence.*)

Je ferois une démarche irrégulière......... & fans doute inutile.

LA COMTESSE.

Quoi! vous facrifierez à de vains préjugés les devoirs facrés de la nature........ fatale Henriette, étoit-ce vous qui deviez faire couler mes larmes. (*Elle fe jette dans un fauteuil.*)

HENRIETTE, (*s'approchant.*)

Je n'ai pas la force de foutenir votre douleur; mais je mérite vos reproches. Vangez - vous, Madame, il ne manquera plus rien à mon funefte fort.

SCENE VIII.

GERMONT, LA COMTESSE, HENRIETTE, LE COMTE.

GERMONT, (*bas au Comte.*)

UN de vos Gens m'a dit, Monfieur, de vous avertir que l'on demandoit à vous parler dans votre appartement.

LE COMTE, (*bas.*)

Sais-tu qui?

GERMONT.

Non, Monfieur.

LA COMTESSE, (*fe levant.*)

Vous fortez! ..... Ne puis-je favoir.....
Je ne vous quitte point.

LE COMTE.

De grâce foyez plus tranquille..... Voulez-vous apprendre à tout le monde ce qui fe paffe ici? (*à Germont*) Ne laiffe fortir perfonne.

(*Il fort.*)

LA COMTESSE.

Eh! que m'importe mon malheur ne me juftifiera que trop.

F ij

SCENE IX.
LA COMTESSE HENRIETTE, GERMONT.

LA COMTESSE, (*à Germont.*)

Qui ! peut avoir demandé le Comte !

GERMONT.

Je l'ignore, Madame ; ce n'est point à moi que l'on s'est adressé.

SCENE X.
LES ACTEURS PRÉCÉDENS, LA PRÉSIDENTE.

LA PRESIDENTE.

Quoi ! le Chevalier n'est point encore ici ! Le Comte m'a quitté pour le chercher, & je ne vois ni l'un ni l'autre.

LA COMTESSE, (*embarrassée.*)
Le Comte est chez lui...... quelqu'un l'a demandé.

LA PRESIDENTE.
Mais vous paroissez inquiéte ?

LA COMTESSE.
Moi..... Non.... Je suis occupée....

LA PRESIDENTE.
Henriette l'est donc aussi ?

HENRIETTE.
Sainville..... qui ne vient pas.....

LA PRESIDENTE, (*à la Comtesse*).
Vous avez tort de l'attendre......

Pendant qu'Henriette parle, la Comtesse doit avoir l'air inquiet de ce qu'elle va dire.

LA COMTESSE
Comment, j'ai tort ?

LA PRESIDENTE.
Oui. Vous avez voulu qu'il partît demain,
il sera parti ce soir, & sûrement très-fâché ;
c'est votre faute aussi ; je voulois qu'il restât....
mais je sais bien encore où le trouver.... Il
est chez le Comte...... venez.

LA COMTESSE.
Non, Madame ; cela n'est pas possible......
J'espère voir Sainville avant son départ.

LA PRESIDENTE.
Ce n'est donc pas lui qui vous occupe ?

LA COMTESSE.
Pardonnez-moi. Non, non, Madame.

LA PRESIDENTE.
Ah! je vous ai deviné ; sûrement, vous craignez
que mon Fils n'ait pris un peu d'humeur contre
Sainville ; Henriette qui aime son Cousin seroit
fâchée de le voir brouillé avec son mari *(elle les
prend par la main)* rassurez-vous toutes deux,
vous ne rendez pas justice à Candeuse....

*Pendant ceci
un laquais en-
tre & parle
bas à Ger-
mont au fonds
du Théâtre.*

GERMONT.
Monsieur le Comte, Madame, vous prie
d'entrer un moment chez lui.

LA PRESIDENTE.
Volontiers.   *(elle sort.)*

LA COMTESSE.
Je n'y peux plus tenir.... jamais cette femme
ne m'avoit paru si fatiguante. *..à Germont.* Tu
ne sais pas ce que le Comte veut d'elle ?

GERMONT.

Monfieur m'a fait dire feulement, qu'il vous prioit de ne la pas fuivre.

LA COMTESSE.

Ah ! je n'en ai pas la force..... Henriette, que nous préfage tout ceci ?

SCENE XI.

LA COMTESSE, GERMONT. HENRIETTE.

HENRIETTE, (*appercevant Sainville.*) (*bas.*)
Madame.... Sainville.....

LA COMTESSE, [*allant à lui.*]

Mon Fils ! .... qu'avez-vous fait de Candeufe ?

SAINVILLE, [*regardant Henriette.*]

Moi..... Madame..... Je.....

LA COMTESSE.

Henriette m'a tout dit. Parlez...... Tirez-moi de l'inquiétude où je fuis ; j'avois crains votre pétulance.... Je vous vois... mais...

SAINVILLE.

Calmez une vaine terreur, Madame. Je ne voulois qu'inftruire Candeufe des fentimens d'Henriette & des miens ; & je n'ai mis dans mes difcours, que la vivacité que l'amour donne. Le Chevalier n'héfitera pas, je crois, fur le feul parti qui lui refte à prendre. Je vais, m'a-t-il dit avec beaucoup de fang-froid, porter ma réponfe au Comte. Je ne penfe pas qu'il ait

voulu me tromper, auſſi ne me ſuis-je point
obſtiné à le ſuivre.

LA COMTESSE. (*avec tendreſſe.*)
Il eſt au moins plus prudent que vous.

SAINVILLE.
Il eſt facile de l'être, Madame, quand on n'a
point de paſſion.

SCENE DOUZE & derniere.

LE COMTE D'AURAI, LA COMTESSE, SAINVILLE, HENRIETTE.

LE COMTE, [*à la Comteſſe.*]

JE quitte le Chevalier & ſa mère, Madame;
Il renonce à regret, m'a-t-il dit, au bonheur de
poſſéder Henriette, puiſqu'il n'a pas celui de lui
plaire; Sainville eſt aimé, il doit avoir la préférence. Ne penſez pas cependant qu'aucune
idée déſavantageuſe à notre Niéce l'éloigne du
déſir d'être ſon époux; il connoît la pureté de
ſes mœurs. Sa Mère approuve qu'il rompe des
engagemens contraires à nos vœux; dégagée de
votre parole, vous pouvez changer le ſort
d'Henriette....

SAINVILLE, [*à la Comteſſe.*]
Madame vous rappellez-vous l'eſpoir dont vous
m'avez flattez dans le cas où vous ſeriez libre?

LA COMTESSE *ſouriant.*
Comme je n'ai pû prévoir tout ce qui vient
d'arriver, je n'ai pû rien promettre; & je ſuis
corrigé d'ailleurs, d'avoir diſpoſé une fois de

ma Niéce ; accepteroit-elle encore dès dons de ma main ?   H E N R I E T T E.

Pendant ce-ci, Sainville paſſe du côté du Comte.

Vous voulez me punir du trouble que j'ai causé ; mais après avoir vû ce qui se paſſoit dans mon cœur ; vous devez sentir combien j'ai souffert, & combien je mérite votre pitié.

S A I N V I L L E , (*au Comte.*)

Ne m'abandonnez-pas dans ce moment.

L E   C O M T E, (*à la Comteſſe.*)

J'avois promis de vous laiſſer maîtreſſe du sort de Sainville ; mais les circonstances me contraignent à ne pas même vous consulter (*prenant Sainville par la main*) Henriette, voilà votre Epoux...... Et je ne crois pas que vous me refusiez.

S A I N V I L L E , (*paſſe à Henriette & la préſente à la Comteſſe.*)

LA   COMTESSE, (*leur prenant les mains.*)

Souvenez-vous toujours que les Epoux qui se sont choisis, se doivent encore plus que les autres. Que l'estime, la confiance & l'amour règnent entre vous. (*A Sainville.*) Mais devenez plus sage.   L E   C O M T E.

Les étourdis finiſſent toujours par être raisonnables ; & les femmes tendres sont les plus vertueuses. Ainsi le sort se joue des projets des humains. Je voulois que mon Fils fût complaisant & léger : il est impérieux & sensible. (*A la Comteſſe.*) Vous désiriez qu'Henriette vécût dans l'indifférence ; son cœur a trompé votre espoir. On ne détruit point les penchans de la nature.   F I N.

Lû & aprouvé ce 21 Juillet 1771, M A R I N.

Vû l'Approbation, permis d'imprimer ce 20 Juillet 1771. DE SARTINE.

I

www.ingramcontent.com/pod-product-compliance
Lightning Source LLC
Chambersburg PA
CBHW060442260626
47161CB00005B/2038